古老的
北歐世界

世界樹

瓦爾哈拉
（英靈殿）

中土世界

東

亡者國度

巴德爾

奧丁

國家圖書館出版品預行編目 (CIP) 資料

布朗家族的神話冒險.1,亞瑟與黃金繩索/喬.陶德-史丹頓
(Joe Todd-Stanton)文.圖;呂奕欣譯. -- 第一版. -- 臺北市:
親子天下股份有限公司, 2024.07
54面;19x26公分. -- (YO!讀本;6)
國語注音
注音譯自:Arthur and the golden rope.
ISBN 978-626-305-954-2(精裝)

873.596　　　　　　　　　　　113007126

── 布朗家族的神話簡史 ──

數千年來，布朗家族扛起任務，
蒐集神話中的東西與生物，善加保存。
如今，布朗教授（也就是我本人）終於把這些故事彙整完成。
請聽我訴說先祖們的偉大冒險。

Text & Illustrations © Joe Todd-Stanton 2016

Originally published in the English language in 2016 as "Arthur and the Golden Rope" © Flying Eye Books, 27 Westgate Street

E83RL, London.

 讀本 ────────── 006

布朗家族的神話冒險❶
亞瑟與黃金繩索

作繪者｜喬·陶德－史丹頓　譯者｜呂奕欣

責任編輯｜蔡忠琦　美術設計｜林子晴　行銷企劃｜高嘉吟

天下雜誌群創辦人｜殷允芃　董事長兼執行長｜何琦瑜
媒體暨產品事業群
總經理｜游玉雪　副總經理｜林彥傑　總編輯｜林欣靜　行銷總監｜林育菁
副總監｜蔡忠琦　版權主任｜何晨瑋、黃微真

出版者｜親子天下股份有限公司　地址｜台北市 104 建國北路一段 96 號 4 樓
電話｜（02）2509-2800　傳真｜（02）2509-2462　網址｜www.parenting.com.tw
讀者服務專線｜（02）2662-0332　週一～週五：09:00~17:30
傳真｜（02）2662-6048　客服信箱｜parenting@cw.com.tw
法律顧問｜台英國際商務法律事務所·羅明通律師　製版印刷｜中原造像股份有限公司
總經銷｜大和圖書有限公司　電話：（02）8990-2588

出版日期｜2024 年 7 月第一版第一次印行
定價｜420 元　書號｜BKKCB006P　ISBN｜978-626-305-954-2（精裝）

──────── 訂購服務 ────────
親子天下 Shopping｜shopping.parenting.com.tw　海外·大量訂購｜parenting@cw.com.tw
書香花園｜台北市建國北路二段 6 巷 11 號　電話（02）2506-1635
劃撥帳號｜50331356　親子天下股份有限公司

立即購買 >

亞瑟與 黃金繩索

文圖 喬·陶德－史丹頓

翻譯 呂奕欣

我最寶貝的收藏品，其實是這套不起眼的書，裡頭談到傳說中的國度，還有早已無人記得的生物；訴說這些故事的，就是當年蒐集寶物的人──也就是我的老祖宗！

這些探險故事包括……

‥‥愛蓮娜‧布朗發現水晶王國，

來驚險逃過一劫。

我的高祖父艾瑞克‧布朗，曾與塔克納克島
的百頭蛇王展開生死大戰⋯⋯

⋯⋯書裡還有好多其他故事。

亞瑟在很久很久以前，出生於冰島的小鎮，
從年紀很小的時候，就顯得與眾不同。

等到年紀夠大，能探索森林時，他對森林裡的奇特生物很感興趣。到了夜裡，鎮上居民會聚集在巨大的火堆周圍，以確保安全。

這時，亞瑟會坐下來，聽艾翠絲說話。艾翠絲是鎮上最有智慧的人，她對亞瑟說了許多遙遠國度與古老魔法的故事，聽起來既神奇又令人害怕。

不久之後，亞瑟開始到森林展開冒險旅程。
他還隨身攜帶過去找到的各種稀奇物品。

例如奇特的鳥羽毛，那是風織女——一隻威力無窮的巨鳥——為了報答他把鳥蛋送回巢，因此送給他的謝禮，在必要時能提供保護。

亞瑟也化解過哥布林與小妖精大戰（其實規模挺小的），於是獲得一根魔杖。

14

在古老的高塔中發現時間之手。那隻手有神奇的力量，碰到誰，誰就會無法動彈。

而艾翠絲給他的，就是這本我正在讀的日誌，
因為他完成了最危險的挑戰……

那就是把艾翠絲的貓從樹上救下來。

有一天，亞瑟在追蹤一種稀有的神奇蟲子時，
一聲可怕的怒吼傳來，嚇得他無法動彈。

沒多久，他陷入一片黑暗，有個龐大的
黑色身影躍過上方，飛快的消失無蹤。

亞瑟速速爬到離他最近的一棵樹上，從樹冠上探出頭來。他看見一隻恐怖的大黑狼，正朝著他的小鎮前進！

他只能驚恐的看著這匹狼滅了大火堆，之後迅速消失在黑暗的森林中。

亞瑟趕緊回到鎮上，感受到寒氣襲來。大火堆裡只剩下微微的火光，幾乎快要熄滅，鎮民緊緊相依。這時，艾翠絲出聲了。

要是沒有這大火堆，不到一個星期，所有的房子都會結冰⋯⋯」
警告：「⋯⋯ 然後就輪到我們了。」鎮上的居民嚇得倒抽一口氣。

「不過呢，等等！有個方法可解救大家。海的另一邊，是維京神
祇的國度，在山頂上有座雄偉的宮殿，住在裡頭的神帶著一把榔
頭，祂可以呼風喚雨，號令天空。只有祂能重新點燃火苗。」

鎮民你看我，我看你，發現這項計畫
有個小問題。那匹狼讓每個人都掛彩
了。無論是最堅強的戰士……

……或是胖嘟嘟、軟綿綿的麵包師傅，沒有人逃過一劫。

沒有人能上場出征。

「亞瑟沒有受傷！」亞瑟的同學大聲嚷道。

那天晚上，亞瑟躺在床上睡不著。
街坊鄰居毫不留情的話語，在他腦
海中縈繞不去。說不定真的是因為
他打擾到黑狼，才把牠引入小鎮。

亞瑟深吸一口氣，決定動身，尋找暴風雨之神。他收拾行囊，帶著最能派上用場的東西，從臥室的窗戶爬下，往港口前進。他到森林冒險那麼多次，這回應該算不上太困難吧！

經過漫長的旅程，亞瑟總算來到雄偉的殿堂。壯觀的大門豁然開啟，一個聲音轟隆作響：「小旅人，歡迎你來！我是天空與雷電之神索爾！」

索爾也是戰神。祂仔細傾聽亞瑟家鄉遭逢厄運的經過，表情嚴肅的點點頭。

「這匹狼名叫芬里爾，是邪惡之神洛基的兒子，多年來踐踏過許多村莊。我會重新點燃你們的大火堆，但有個條件……你得幫我逮到這野獸。」索爾說。

索爾說眾神曾設法捕捉這匹狼，卻屢屢失敗。亞瑟一邊聽，穿靴子的雙腳一邊發抖。

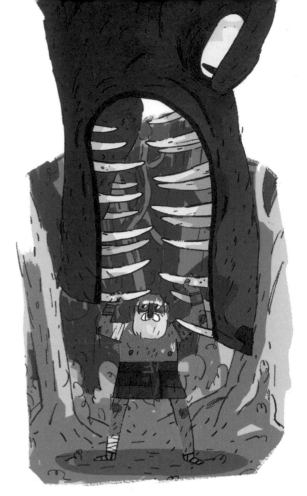

愛神芙蕾亞曾試著施咒，但是芬里爾差點把祂踩扁。

力大無窮的正義之神巴德爾在千鈞一髮之際，逃過這野獸的血盆大口。

索爾的哥哥提爾想要瞞騙這匹狼，反被狼咬斷手。

「要阻止芬里爾，唯一的辦法是以兩種非常稀有的材料打造一條繩索：貓的腳步聲，還有山的根……」索爾說：「……看來你也蒐集過不少怪東西！」亞瑟還來不及拒絕，索爾就交給他兩個玻璃瓶，送他上路。

要蒐集貓的腳步聲，亞瑟得找隻很大很大的貓
才行。他想起艾翠絲說過一則關於蛇的故事。
那條蛇能變身為龐大無比的貓，連索爾都搬不
動牠。可想而知，這隻貓不會太難找。

至於怎麼讓這麼大的貓跳起來呢？亞瑟只想到一個辦法⋯⋯

那巨大腳掌撞擊地面時，發出轟然巨響，聲音在山谷裡迴盪。

亞瑟緊緊握著索爾的瓶子，盡可能蒐集聲音，
然後趕緊溜走。

至於第二項挑戰，亞瑟還真不知該怎麼辦。聽說眾神的宮殿裡有間很大的藏書室……或許在那裡可以找到有用的資訊？

他找了整整一天一夜，卻一無所獲。在最後一個書架，
翻閱最後一本書時，一張古老的羊皮紙掉了出來。

那是北歐世界的古老地圖，上頭畫著眾神、人類與巨人的領土，中間還有棵大樹，連結每一塊土地。亞瑟心想，這是巨大如山的世界樹……就是它，世界樹就是有根部的山！

這棵樹看起來比地圖上的還大得多 …… 但亞瑟沒時間可
浪費，即使雙腳已像熟麵條一樣軟，他還是開始爬 ……

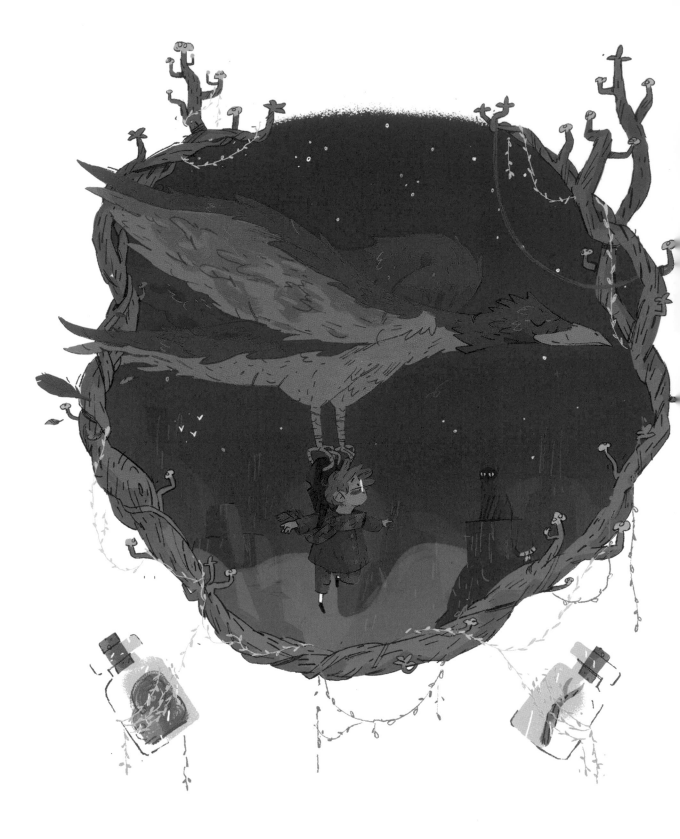

亞瑟以為自己命在旦夕，這時，風織女咻的飛
過來、抓住亞瑟。她把亞瑟帶回眾神的宮殿。
亞瑟得意洋洋的把玻璃瓶交給索爾。

眾神之父奧丁現身，祂把瓶子裡的東西倒進巨大
的鍋釜裡。忽然，一道光芒出現，接著是一條黃
金繩索高高升起，在空中彎彎曲曲的飄浮著。

索爾把金繩繫在腰上，轉身對亞瑟說：「你確實是勇敢的小冒險家，但還有一項挑戰得完成。你得支開那匹狼的注意力，讓我有時間把牠綁起來，這樣我就能拯救你的小鎮。」

亞瑟神情認真的點點頭，但是，一看到索爾的哥只剩一隻手，他就害怕得發抖……面對這頭野獸究竟會發生什麼事？他得趕緊想個辦法才行！

芬里爾沿途破壞的痕跡再明顯不過了。牠踩壞森林，在一座小村子前停下腳步。神祇和亞瑟慢慢從天而降，看看周圍還有沒有其他生物的蹤影。這時，亞瑟瞥見一個東西……

是陷阱！森林裡爆發出震天響的吼聲，
最可怕的生物出現了。

亞瑟覺得自己好渺小、好無助……忽然間，他發現那巨獸就在正後方！亞瑟嚇壞了，使出全力，飛快跑進森林躲藏。

芬里爾厲害的鼻子很快的追蹤到亞瑟的足跡，
巨大的爪子越來越近、越來越近。

在那一刻，亞瑟靈機一動。他跳起來，
準備朝狼的鼻子揍一拳——

——不過，芬里爾的動作太快了。大大
的一聲「喀啦」傳來，亞瑟的手斷了。

…… 然後，亞瑟再度伸出他真正的手。芬里爾中計了！巨獸咬斷的是時間之手，還把整隻手吞進肚裡。一時間，牠全身無法動彈，只能疑惑的眨眼。

打ㄉㄚˇ敗ㄅㄞˋ了ㄌㄜ˙芬ㄈㄣ里ㄌㄧˇ爾ㄦˇ的ㄉㄜ˙嘍ㄌㄡ囉ㄌㄨㄛ之ㄓ後ㄏㄡˋ，索ㄙㄨㄛˇ爾ㄦˇ把ㄅㄚˇ芬ㄈㄣ里ㄌㄧˇ爾ㄦˇ緊ㄐㄧㄣˇ緊ㄐㄧㄣˇ捆ㄎㄨㄣˇ住ㄓㄨˋ。亞ㄧㄚˋ瑟ㄙㄜˋ臉ㄌㄧㄢˇ上ㄕㄤˋ綻ㄓㄢˋ放ㄈㄤˋ著ㄓㄜ˙得ㄉㄜˊ意ㄧˋ的ㄉㄜ˙笑ㄒㄧㄠˋ容ㄖㄨㄥˊ。

他們飛回亞瑟冰封的小鎮時，烏雲間落下一道閃電，朝著主廣場劈去。於是，大火堆再度點燃，冰雪開始融化。

鎮民歡呼，圍攏過來聽索爾說話。亞瑟默默走到艾翠絲身邊，手上的日誌記錄著滿滿的冒險，還有他遇見的生物。索爾解釋，其實打敗芬里爾的人是亞瑟。大家想找亞瑟一同慶祝時，卻發現他已經沉沉睡去。

這就是布朗家族的第一個故事。
或許有一天，
你會聽到更多關於我祖先的傳說。
但在此之前，親愛的讀者，
希望你能踏出家門，自己來一趟冒險……
因為呢，有時候最了不起的英雄，
是看起來最不起眼的人。